度日如年

Fleeting Years

李子澄◎著

世界知识出版社

因死而生
因生而爱
因爱而感知
因感知而创作

目录

式微之前

式微之前

生命的卮言

度日如年

度日如年

式微之前

有一些诗

有一些诗很久以前写的
我记得我写的内容但是我找不到它们了
我无法记得准确的用词
我记得有一首是在公交车上
一首是在餐厅里
还有一首是做梦梦到性爱
我记得我写了些什么但是我找不到
应该是没有带回来
还是放在什么书本里面忘记了

我不断幻想着找到它们时的喜悦
会高兴多少个小时会觉得世界多美丽
可是我想我应该是找不到它们了
它们藏匿起来在某个角落嘲笑我的愚蠢
或者伤心我的粗心也说不定

我没有办法凭记忆重新创作
那样对它们太不公平了我想

关于离别

他们在机场外拥抱
约定好
不可以流泪
不可以想念

他们咬破手指
在身上写下誓言
结成彼此手心的痂

他们相互看着
对方的背影慢慢变小
疤痕还没有淡去
就通通长成了胖子

他的

你知道结果
你知道你该怎么做
你知道这一切都与你无关了
可你还是会去想

这已经不是你的故事了
他已经不在你的世界了
可你毕竟用心爱过，喜欢过

有什么用呢
都有什么用呢

大象

走不出的房间　进不去的新鲜
撑着伞就没有雨了吧
到不了的天边　回不去的疯癫
闭上眼就都不存在了吧

打不开的脸面　关不掉的美艳
躺下来就不再疲累吧
上不去的安全　下不来的危险
你说什么我怎么听不到了呢

他来了　他走了
脚印什么都说明了吧
存在的　消失的
你以为我在骂谁呢

走掉吧

谁说谁傻

若

若，我是一滴雨水；
你，愿不愿成为海洋？
若，我是一颗灰尘；
你，愿不愿成为土壤？

若，我是一片落叶；
你，愿不愿成为大地？
若，我是一道光芒；
你，愿不愿成为太阳？

若，我只能蜻蜓点水；
你，愿不愿惊涛骇浪？
若，我只能剑首一吷；
你，愿不愿余音绕梁？

若，我只能烛火荧荧；
你，愿不愿光芒万丈？
若，我只能裹足不前；
你，愿不愿带我飞翔？

若，我想跟你说说荒唐；
你，愿不愿坐在篝火旁？
若，我想跟你看看月亮；
你，愿不愿饮一壶杜康？

若，我所剩的时间，已不够惊动天地；
你，愿不愿海浪我沙滩上的忧伤？
若，我所剩的生命，已不够为你歌唱；
你，愿不愿口红我嘴唇上的沧桑？

若，我必须遗忘；
你，愿不愿庄周我的理想？
若，我必须归去；
你，愿不愿肖邦我的死亡？

宇宙的摇篮，
我的梦乡。

活动

横穿过的那些街
经过我的那些店
他们叫嚣着　如饥似渴
他们没有活动

人潮涌动的夜晚
灯火通明的白天
他们卖　他们赚钱
他们需要活动

买两颗砂送一块石头
买三根草送一包树种
听起来如此适合的交易
我们要你活动

花三千块你就不怕
在此之上再花一千
拿在手里那些商品
就是你的活动

他们在活动
你也去活动
我们需要活动
我们就是活动

回家短信

下过雨的花园里 / 会有多少蚯蚓 / 挣断 / 重生 / 多么残忍的轮回 / 而这一次一次地向前看 / 我却再也看不到你了 / 你还记得你答应要陪我去看的电影吗 / 你还记得那年冬天 / 你大衣背后 / 从上到下那笔直的三条线吗 / 多么琐碎 / 却又多么温暖 / 而如今显得多么可悲 / 多么令人心寒 / 我还能看见 / 每天中午在教室门口等我吃饭的那个身影 / 那个叫我要好好在学校食堂吃饭的人 / 多么美的一段故事啊 / 那个瘦瘦高高的女生 / 站在你身旁 / 你推着脚踏车 / 回头对我喊话 / 什么 / 我没听清 / 她说她嫉妒 / 后来你告诉我 / 带着那能把眼睛变不见的笑容 / 寒冷 / 潮湿 / 这一切发生得多么切合时机啊 / 我还期待着你说过的地下室之旅 / 至今还期待着 / 哪天你会突然出现在我家门口 / 说要带我回去 / 回到我们刚认识的时候 / 就好像那种畅销纯情小说的情节一样 / 我好蠢不是吗 / 居然还在 / 缅怀过去 / 你看 / 我从来就不

曾放下过 / 你呢 / 我是否还能再从你的嘴里听到我的名字 / 其实 / 我想我这辈子都不会再见到你了 / 如果我没有发现你生命中的水仙花 / 如果我不那么自卑 / 那么害怕 / 那么胆小 / 如果我像你一样勇敢 / 是不是我们还能在彼此的瞳孔里 / 多住上好一阵子 / 是不是我们能够写出又一部美丽的故事 / 多美好啊 / 我借你的 CD / 你到现在都没还给我 / 我是说 / 你每次听它的时候 / 可不可以顺便想起一下它原来的主人 / 可是 / 我连你是不是还会再听都不知道了 / 你还记得我送你的生日礼物吗 / 第一次也是最后一次的礼物 / 你说你想尽办法 / 想看到封印在玻璃瓶中 / 字条上的留言 / 结果呢 / 你看到了吗 / 我很好奇 / 我更好奇的是 / 到现在 / 你还保留着它吗 / 不过我想 / 我应该很清楚这一题的答案吧

在我对你彻底失去希望之前

我以为，我将要找到。
经历了这么多迷路，我想我和你一定是早先走散。
而，原来事实并不是这样。

我曾经那么近的接触过你的爱。
或者说，那不是爱 —— 是涨潮时海水没过沙滩 ——
抚平伤而已。
而我却让自己沉迷于蓝，
挣扎，也只有越陷越深。
我无言地看着你的背影，
然后我闭上眼……

我看不到，你说的，
我和你同在其之下的那一轮月。

我不能前进，
因为我知道，
被迫离开比后退更难。

写给寂寞 III

她站在街边抽烟
寒风催她不断裹紧自己的大衣
一辆车在她身前停下
他探出头来 问她是不是需要搭车回家

她邀请他来房间里喝酒
他们都喝醉了
他昏昏睡着的时候 她一直温柔地盯着他
并且还偷偷吻了他

异乡人

异乡人
带着一箱人
来到这里

他们没有墨镜
所以不被允许买米
他们没有帽子
所以不会有人愿意听他们唱歌

他们头发太短
所以不被允许游泳
他们没有穿厚重的皮靴
所以警察可以随时逮捕他们

他们不爱吃茶泡饭
所以没有人能够跟他们聊天
他们不肯插队付账
所以不能够去六十九街那家银行小便

他们说
都是太阳的错
连续三个世纪的暴雨过后
没有出现彩虹

尾随一位长号手

拖鞋　短裤　格子衬衫
红色耳机走路外八
短发　与短发所承载的所有历史与社会意义
爱德华　爱德华不靠谱
为谁被吹奏
又或者为谁吹奏也说不定

我们在换乘站分道扬镳
并且不会殊途同归

一位黑车司机

他并不能代表
全部的黑车司机

他使用转向灯
但他也会在右转弯道左转
他使用安全带
却也会在绿灯未亮起时起步

从他身上
我无法感知时间
也无法顾及所谓的供求关系

并不是所有的黑车司机
都像他这样
他的车子也不是黑色的
黑得词不达意

自虐

对面楼上的艺术家　昨天跳楼死掉了
或许他永远也看不明白　破茧而出的
是早已成熟的蝶　还是腐坏发臭的尸
闷死的　总是不被重视的小人物
就好像　那些曾经珍贵的记忆
被深埋后　就变得一文不值

画框里和你牵着手的那个他　是否
还安好地住在　你的眼眶里
记忆中那些皮肤相互摩擦时产生的光和热
是不是早就式微
在你纯白色的狂列情感之下
那颗玄色蠢动的鲜艳
还保有它第一次被你打开时的新鲜吗?

或许你从未曾期待过
一场大雨的来临
如同我从未曾预料到那些情感
在你的呼吸中　化作脱缰的野马
从我身体的每个缝隙中溢出
你看到我朱砂色的渴望了吗
你看到被困在我身体中
那个患有强迫症的心了吗

我的敏感　如同一台无法对焦的相机
模糊的
永远是　最简单的那份纯真

你　看见我的自虐了吗?

建筑师

我的眼光
焊入你的肉
你在我水泥未干的心上
留下脚印

我们为彼此大兴土木
欲望铺成地面
承诺搭建天空
城池
围墙
还要有河水不然没地方划船

不在乎预算
不在乎美学内涵
也不在乎牛顿爱因斯坦

潮汐忘记了看月亮的眼色
在午夜大肆进攻

你为什么不说实话呢？亲爱的

你的头发有些乱你的衣角也不是很平整
你身体上散发的气味点燃了伤亡的前奏
你的句子飘忽不定你的问候也漫不经心
你脸颊上写着的尴尬酝酿着暴雨的黎明

你随着风喘息河流着记忆逃离荒芜之地
你最后的武器就是不断重复你都记不清
你漂流的时候没留下痕迹也没有目的地
你经过一颗不起眼的没有任何魅力的星

你试探你接近你在千钧一发之际转移话题
你蒸发你干涸你在背水一战时刻欣赏艳火
你说不出口的你就让它腐烂在心
你无法活埋的你就让它继续作恶

你 门 庭 若 市 的 秘 密 诱 惑 我 砍 伐 你 的 谜 题
我 在 猫 的 尸 体 旁 边 但 是 没 吸 取 任 何 教 训

塔

我们住在两座塔里
我们隔了两条街
我透过玻璃窗偷看
他每天的一举一动

他的工作
他走路的背影
他脖子上的项链
他的笑容

我们或许会走出各自的塔
我们或许会走进各自的塔
但当我见到他时
我不会告诉他

Je ne t'oublie pas...

豆黄金

他每天都站在超级市场里面同样的发型同样的制服同样的便携试麦克风同样的擦得亮亮的廉价皮鞋不断重复说着同样的话语为的只是多卖出一些他负责宣传的食物这样说来没有人能否定他的敬业不过他或许也没有其它的选择。

他说美国是他梦想要去的国家我不知道这是不是真的可对他来说他确实说出了这样一句话或许是发自肺腑也或许只是为了跟我拉近关系不过他确实这样说了我也听到了。

对他来说我是一个顾客一个购买他卖的东西的人也刚好是一个去过并正生活在一个他梦想要去的国家的人尽管我不知道这是不是真的我不知道在我的生命中我是否还会再见到他我也不知道他会不会有机会真的去美国看一看我只是一个刚好去过他梦想要去的国家的购买他的食物的人而他只是一个普通的营业员。

我是不会爱上他的
我知道
他也不可能爱上我

你的离开，我的孤单[1]

为Z写给A

阖上时光，敞开门窗。心慌
走进忧伤回廊，释放
爱走过门前，观赏，闭着眼彷徨
黑暗中选择离开，孤单给谁

仰起风光，回望过往。迷惘
插上翅膀追逐，绽放
无心的爱，涌出，明知着前方
目标里选择离开，孤单为谁

斑斓眼光，沉淀疯狂。坚强
抛弃平凡向往，流放
落泪，赦罪，放开手闯荡
崩塌后选择离开，孤单因谁

---

① 改编自 Bob Dylan, “You’re Gonna Make Me Lonesome When You Go”。

今如的结局，令人悲伤吗?
你是否还遗憾 —— 遗憾 ——
不如遗忘 —— 遗忘 ——
不如放肆狩猎梦想。
寻找，盼望，不羁的一抹蓝
你选择离开，而
孤单是谁?

她说
“不管生命有多长，
要是有一天的平庸，
还不如早点死去。”

无以名状的雨拥抱着醉生梦死的我

雨回家了，划破漆黑的天空。
我还在等着，被感动。
你弄丢了生活，钱，还有我；
我当然也想坠落。

酒精，碾碎我的难过，
拼凑成不怎么美观的懦弱。
我找不到一个地方，
可以躲。

Ég græt. Ég græt.
没了未来，没了爱。

眼泪流成碎玻璃，
叹息化成维他命。
夜晚的倦怠，
不知在谁牙缝里。

雨还没停，我还没醒。
台风眼的中央，
何必等待放晴。

世界因你而变成了一口干涸数十年的井，
并且凹凸不平。

这不浪漫吗？

爱上一个人
需要多久
你说：
一瞬间
一瞬间，能发生什么呢
一瞬间，能用来做什么呢

踩空楼梯，然后把脚摔骨折
目睹一场车祸，或者引发一场车祸
忘记一件自己再也无法忘记的事
还有失重感
飞机降落时，接触地面那一瞬间
感受到的失重感。
就像性高潮

性高潮
不也是一瞬间的事

说到性高潮
我们不得不提到浪漫。
什么是浪漫
你说：
是气味
是床第之间，皮肤与皮肤的对话
是在猎人大腿之间窒息的鹿
一只，两只，三只

我听见你紧皱眉头的声音
我闻见你留在我身上风干的痕迹
我身体上那一根一根一条一条

被利比多划过的轨迹
现在看来
就好像一首朦胧诗
张着嘴，却无法倾诉
找不到用以表达的介质。

让我们回到恋爱标准
你喜欢什么样的人呢，你问我
我说：
我告诉你一百条
你把他们拼起来
你能够拼出任何一个我爱过的人的样子吗
然后，你便不再说话了

这都是一瞬间的事，都是浪漫

这不浪漫吗
这不可笑吗
这不值得悼念吗

可你
真的准备好了吗

活着

爱你是我的本能爱
你是我的本能爱你
是我的本能爱你是
我的本能爱你是我
的本能爱你是我的
本能爱你是我的本
能爱你是我的本能
爱你是我的
本能爱你
是我的
本能

是爱你

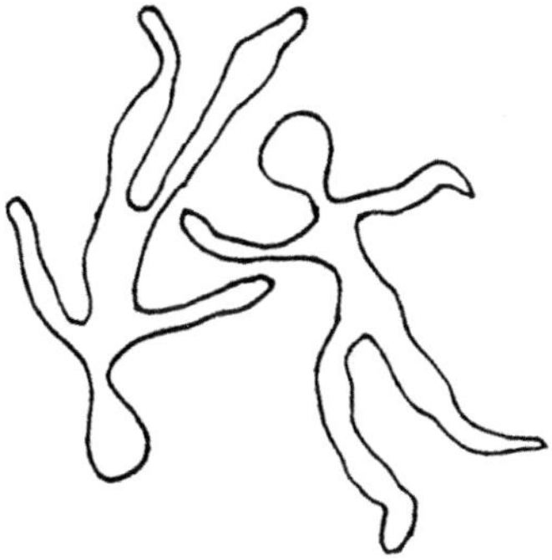

我们漫无目的却又目标明确

日复一日的道路
我们知道
从哪里来到哪里去
我们知道
我们像计算机程序一遍又一遍的重复
走着同样的
熟悉而又陌生的路
我们知道会发生什么
在哪里上车在哪里下车在哪里上楼在哪里下楼
在哪个转角会看到哪家店
店里的哪个人在卖着哪样的咖啡
所经历的一切都已不再重要
我们甚至忘记了我们在走着

反正也不会有人死去
反正也不会有人爱上我
我们只是重复着
在自己给自己制定的规则里

生命的卮言

3月18日
统一着矛盾的矛盾

我想
我
爱的
是
爱着
不爱我
的人
的我

我们相拥着跳舞

他温柔却又热烈地
小心翼翼又堂而皇之地
摸索地直截了当地
轻轻地又狠狠地
无所顾及地
拨开一层薄薄的雾
在酒精和烟也带不来的刺激中
在音乐和人群也带不来的喧嚣中
在全世界都安静下来的时刻
悄悄地
悄悄地

我们看不见我们也听不到
所以我们只能去感触
用舌头用手

用身体上所有能够感受到彼此存在的部位
我们接吻
我们相拥着跳舞
我们摩擦
产生无以名状的忧伤与
把握着每一个时刻的享乐主义般的
挥霍着我们的荷尔蒙

后来
在过去以后未来以前
他说他想我了
我知道自己或许应该为此快乐
却更多的是无奈和惋惜

我想

我应该还要继续赶路
我还有很多的明天
用来启程
可是
我以为
我不会想他

玻璃

你给我的是我无法舍弃罪恶时的诚实
我给你的是你无法告别悲伤时的坚持
在这样的一个时刻我们其实都深知

或许我也应该像你一样去歌颂那真挚
或许你也应该像我一样去珍惜这固执
我是如此何其荣幸能够有你的赏识

数到五，你就消失。我会一直
在这里。
勇气太沉，信仰太易流逝
你碎了，
我便不再停滞。

我能做的却也只是去吞噬
你能说的也就只有这个字
谁让谁的世界变得不偿失
没有你，我如何恍如隔世

好

是

只

它

抑或

心

我只能

觀賞

朋友

以後

秋水
望穿了

愛

你的

模樣

水底的梦想家

只有闪着光的表面 / 只有水 / 只有那些蒸发了的雨滴
那些坠落下来 / 匆忙的 / 消失

只有紧闭着的心田 / 只有泪 / 只有那些挣扎后的伤痕
那些烙印下来 / 灼烧的 / 存在

我用鳃 / 无法气喘 / 我用鳍 / 向上看
被水隔离的阳光 / 将我和现实如此狠狠地拴在一起
有如水族箱和游客 / 鲨鱼和那些叫嚣着要买气球的小孩子
差之毫厘 / 相隔万里

我用脑 / 无法麻木 / 我用心 / 向前走
被梦玷污的彷徨 / 让我和理想如此远远的相互遥望
有如太空舱和月球 / 氧气和那些等待着要失去呼吸的宇航员
触手可及 / 汲取无力

有翼 / 也不见得可以飞翔 / 睁开眼 / 感受不到阳光
有梦 / 不一定看得到希望 / 离开水 / 鱼终是要死亡

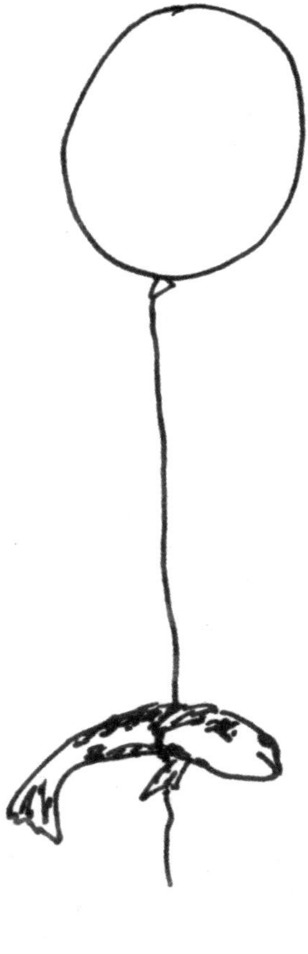

写给寂寞 II

她 为自己倒了一杯酒
端着 走到了 阳台
夏夜的 风 吹着她的 头发
配上她 裸露的身体 和 手中 精致的酒杯
好像 一幅 印象派 油画

她 也走到阳台 上
静静看着 她的 侧脸

她 回头 对她 微笑 然后 把酒杯 递给 她
接过酒杯 喝了一口之后
她 一跃而下 消失在夜色中
端着手里只剩半杯的酒 傻傻的 站在原地
尔后 淡淡 一笑

5月31日的梦

所有人都在唱着

大雨天，只有我是那么格格不入

他们都回家了：家人，朋友

他们都看不起我，

他们都讨厌我.

我拿着吉他走进雨里

试图学会这首歌

可是，这首歌

不是一首关于毕业的歌吗？

昨日的旧闻

他欠下房租不见了
她坠楼身亡
它有女朋友了

世界突然轻了好多
生命突然重了好多
我拿起笔
不知该写下什么
我张开口
也说不出一个完整的字

黑与红

窗外的一片黑暗
从我的眼睛入侵
顺着我的血
肆虐漫延
病毒般扩散
分解
变形
扎入心脏

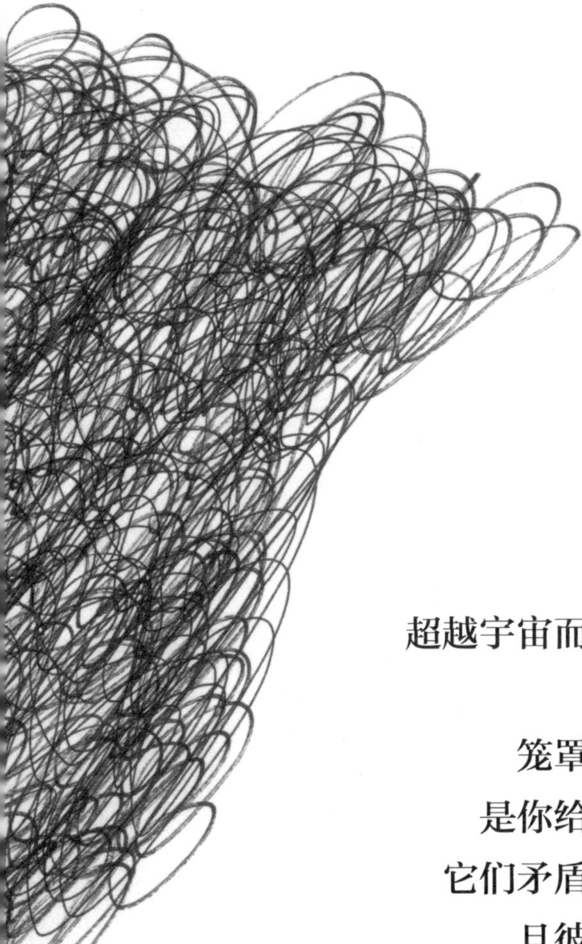

超越宇宙而存在的
是孤单
笼罩孤单的
是你给我的爱
它们矛盾着共生
且彼此依赖
成就的是偷偷滑落的泪
染红了眼

落体

你
是狂妄的灵魂 是渗透进我骨子里的苦艾
是被约束的肉体中蠢蠢欲动的自由。
而我爱你啊 我在微醺中沉醉地无所保留
在迷失方向的森林中标记地图

你说话
你看着我 不用那么严肃的眼神
我便知道了应收敛的肆虐。
生命赐予我天灾人祸的每个瞬间
又难道不应该为所爱的奋不顾身
为所憎恨的用八十四万倍的力气改变发生的可能

我
粉碎了身骨般的疼痛。
时速五千公里的坠落无痕
却如此清晰的昨日

散去的火因和滞留的粉末。跌落

抓不住 就不要再去勉强支撑

管他死的会多难看。

你

是狂妄的灵魂

是渗透进我骨子里的苦艾

任凭毒蛇猛兽侵略，我

还有你陪伴并保护着孤单的我

我

睁开眼 看见我不属于的

这个世界。

什么

就这样吧

就没有了

中断遗忘

别说了

我都懂的

不要说

我会慢慢好起来的

多多的情绪

一定会的

他是你呼吸的空气中流动的
在每一个缝隙狂欢的舞者—我
舞蹈 伴随你每一次流
积聚成海可谁也不会
你期待他散落满天的温
你紧随他身后生怕哪次眨眼而错
他在你沉默时选择了离开没说再

我们永远也跨不过宿命的界
我们永远也算不准时机的正
你匆忙拥抱是我还是他的
被说破之后死去和苏醒
你是否要去记住我的笑
谁操纵角色切换你能说出什么分
我和他踏上末班车后一切都是无

你去爱吧
而

AB

脱下旋涡你便沉默
中积沉的水开始泛滥
个人都在自言自语诉说着别人听不懂的
欢离合喜怒哀乐阴晴圆缺
下雨了要下雨了
沧海的是你爱我的无可奈何

你也不能原地不动
为生命不会因为
件事一个人几次伤心就为你停留
他已不复存在所以我继续行走
年后你是否也能用戏谑的口吻
论这个时候

继续爱吧
我
EU

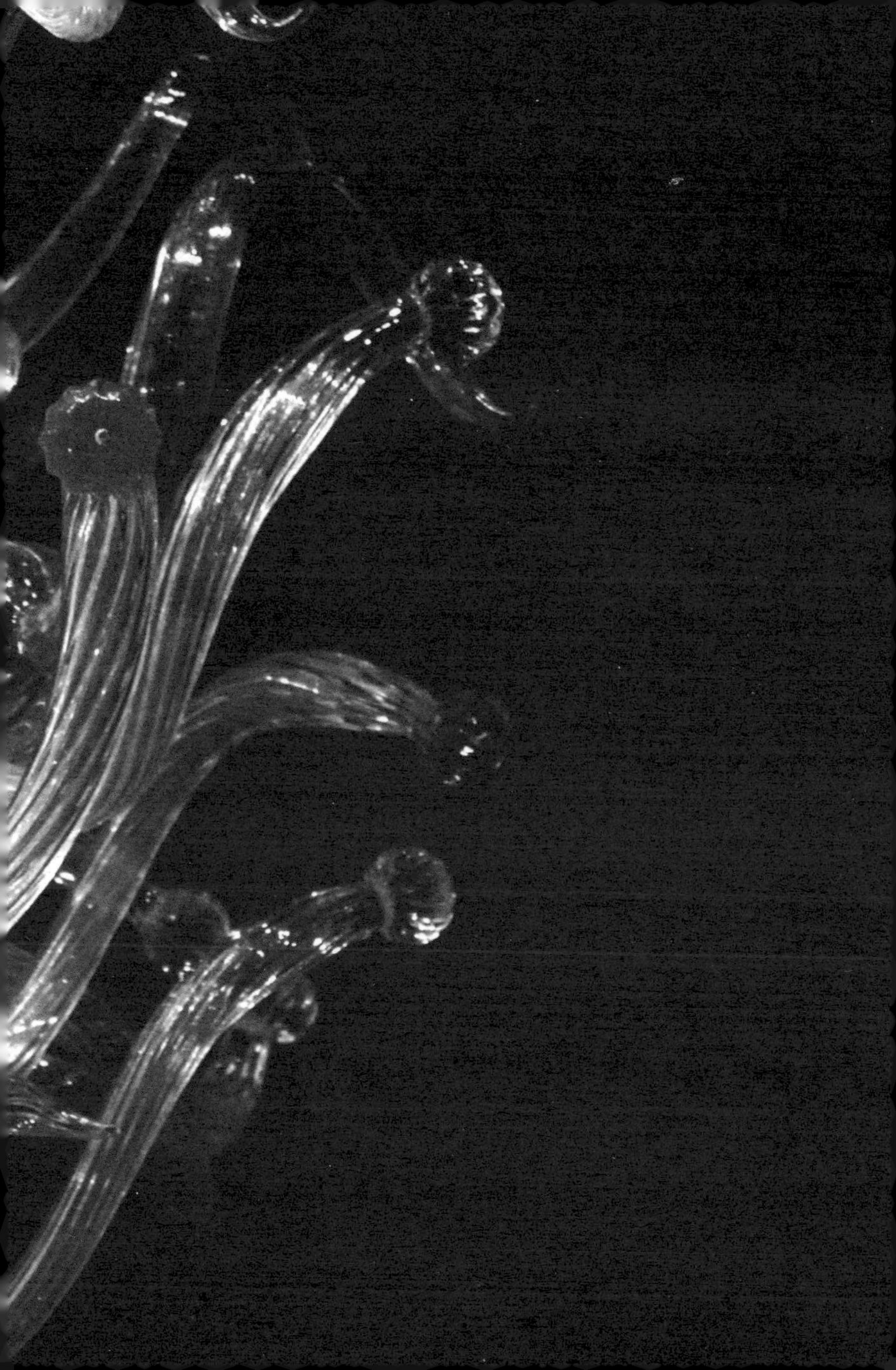

二

傻

我 爱 你

度日如年

有一些人

有一些人
他们轰轰烈烈地出现
在你的生命中
使之乌云密布
电闪雷鸣
你正全心期待一场倾盆大雨
敞开心扉迎接湿润
可他们就这么离去了
毫无征兆
连空气都还是干燥的

他的脸

他的脸
比孤寂还美
我不敢流泪
因为害怕把他淹死

想忘了的忘不了的

遗忘的冰块在杯子里稀释浓茶
雨水冲掉了满地的过往
载着记忆的骆驼群在沙漠里迷了路
最后连太阳都暗了
月亮也不敢再发光

一支烟在你手指缝被轻轻挟持
我多希望我是烧焦味在你指尖残留
冬天来了
有谁会替我们记得彼此的脸

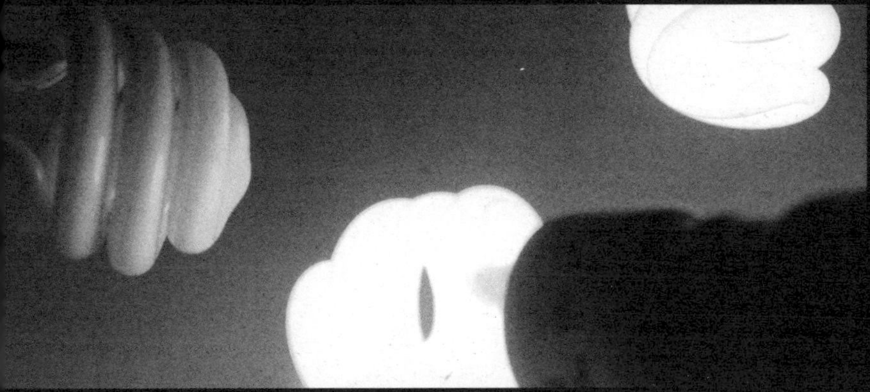

酒吧里的钢管舞者

擅于使用围巾
强健有力的手臂
节奏感，以及翻译
现场人群的羞涩成为热情的能力

不需要知道名字，也
不需要关心，任何
不重要的信息
舞动就对了，他们说
气氛对就足够了

我真的没有办法喝下
我手中的酒了
我拼命想把它喝完可是
可是我真的喝不下了

所谓观众
在每一个另一个自以为的观众眼里
都可以成为表演者

认识你一整年

时间从日历中流出
如河淹没
不深不浅
沾不湿衣襟
也晒不干鞋子

22''
24, 2012 15:10
ok

我一直都知道

在你生命中
最快乐的那些记忆里
发光那个人
不是我

我们的情歌

喂！可以听我唱一首歌吗？
如果你不喜欢蹦蹦跳跳，我也可以闭着眼轻轻哼唱。
或者，让我给你念一首诗？
不是那种支离破碎的，
就是很普通的文字。
或者让我给你打扫房间，整理衣柜，
我也可以给你做顿晚餐，
随便你想吃什么都可以。
我们也可以就这么静静坐着，
听彼此的呼吸声。
我会问你，要不要吃点什么，
因为这样坐着比较容易会饿。

要不要看场电影？
或者遛遛狗，逗逗猫，听邻居斗嘴，

看楼下的小孩怎么从滑板上一次次摔下。
或许你会默默替他加油；
其实在心里嘲笑他也说不定。
不然我们来做爱吧。
不过我还是会说那些没有人听的懂的，
宇宙啊社会啊命运啊人生啊什么的，
但是只用一个字。

如果你愿意跟我打架就更好了。
我会好好观察我们的头发是怎么纠缠到一起，
你的指甲怎么渗入我的皮肤，
我的牙齿怎么掠过你的关节。
我会认真听骨头与骨头碰撞的声音，
也会专心感受淤青的形成。
我们让彼此像不倒翁一样，

无法倒下，也不能笔直站立；
只有彼此可以依赖并且除此之外不肯再做其它事情。

最痛的已经过去，
所以就感觉不到痛了。
一切都一如往常的无常，
只剩下__________。

写给寂寞 I

他们做爱之后　他走了
留下来的她
还未来得及穿上衣服　便跑到床边
双手抚摸着他们十分钟前还在激烈拥吻的地方
她试图了解
她的床单上是否留下了他的痕迹
每一滴气味凝结成的汗水
都可以让她安心入睡

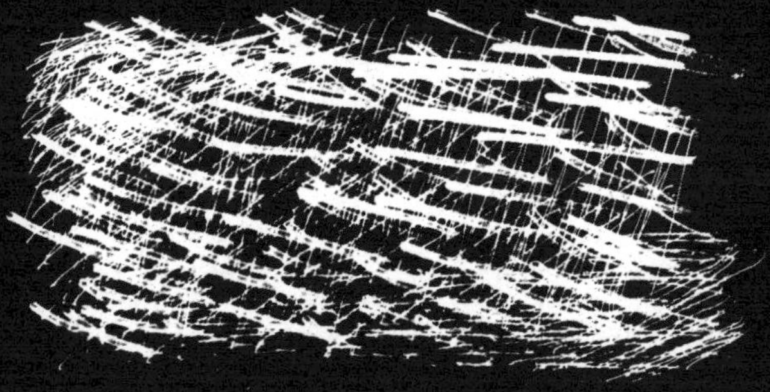

天黑的时候

天黑的时候
被打到奄奄一息
天还没亮
就都不记得了

以后
永远是沙袋
再也没有翻身那天

梦到果冻超人

每天去超市
他都会突然出现
他会往我的购物推车里放一颗果冻
于是我每天都会买一颗果冻回家

有一天他跟我说他爱我
要我把他带回家
他脱掉他全部的衣服
跳进我的购物推车

他整个人都是果冻做的欸
身体是半透明的黄色
好像菠萝味的　不然就是芒果
软软的会像果冻一样晃晃

他坐在我家
别人给他吃的他通通都不吃
他只吃我给他的吃的
他说因为他爱我

醒来后
我突然好想吃果冻

一年

一年　不多不少
杀死一轮明月　积满一个水潭
喝干一朵鲜花　听完一场演出

一年　冰箱里的食物都能吃完
喂饱了人的肚子
他还是空的

[redacted]

d Office of

Date mailed 交寄日期(郵戳)

12年(Y) 8月(M) 19日(D)

之危
the
this
ostal
cent

[redacted]

Postage 郵資

營業郵資券 ____ 元NT$

自備郵資券 ____ 元NT$

~~自備郵資~~ ____ 元NT$

Nashville

他把外套系在腰间
他的衣服紧紧的　遮蔽而又更直接的显露他的身材
他穿着看似厚重的靴子　走路却轻且无声
他有耳环　还有棱角分明的面部轮廓
他在看每张照片画作的时候是如此的投入

无需谈论对错　无需担忧是非
这样我们就可以更加地了解彼此
只是我向来腼腆

清晨六点的达拉斯机场

天还没有亮
在这个鬼地方
没有人关心你的死活

隔壁的男人
坐在香蕉皮上
似乎早已遗忘了湿黏是什么感觉
又或许从未曾经真正感受过
对面的妇人
大口嚼着三明治
用智慧型手机查看着航班信息
是不安吧，我想
如同每一次搭乘飞机时
我都多么希望能够准时
可却总是在莫名其妙的地方停留

斜对面的女人穿着长裙
似乎要去往另一个热带
她看着平板电脑，拿着杂志
两者又似乎融为了一体
身后有几个男人聊天的吵闹声

他们都死了吧
到处都是尸体
人们忘记了什么是感情
我听着突如其来的广播声
渐渐有了睡意
闭上眼睛
就听不见任何噪音了

从 Denver 到 Portland 的航班上

［301376］

［10/17/2014］

我不知道数字是什么意思
也不知道日期的意思
我只是把它们写下
for future references

在这缓慢的时光里你感觉不到痛吧

闭上眼，盖上一片星光。
风停之后，你会听见：
云的经过，雨的陨落，
泥土将凋零的花包裹。

我静静的赞颂，
你轻轻的沉默……

慢慢的；
慢慢的——

慢慢的……

时间停了。

你自由了。

天亮前

羊群迷路了
失眠更加难熬
月亮借来太阳的光
希望能够指引羊群找到回家的路

天空被点亮了
而大地依然冰冷

破晓比黄昏更理解孤单的模样
相爱比死亡更懂得离别的忧伤

做梦梦到几个片段的词句

［舌头］［掠过］［胸膛］
［下面其实 / 下面很大］
［茶壶］［绿茶］［肚子］
［电梯口的裸体少年］
［口中］［翻滚］［灼烧］

不知道是什么意思
本来是一首完整的诗
醒来后就不记得了

Melancholia

Your unreachable touch makes my life tough.
You are the one whom I'll go astray without.
You are a swan that pretends to be kind.
You ripped my heart out and let it divide.

Your beautiful eyes gorgeously shine.
You use your hands to inhale my sigh.
You have hydrous inside and vulnerable mind.
Your hideous heart, nonchalantly defined.

You made me hope, hoping hopeless hope.
You are the air, sinking into my soul.
You are a swan that gracefully declined.
You consumed my felicity and told me I'm fine.

You killed my love, sucked all my blood.
You raped my soul, parasitized in my heart.
You made me scream inaudible sound.
You gave me all but my right to be strong.

You were my friend, and now my fiend.
You can't survive without eroding my mind.
You are a swan that nobody can find.
You tortured my corpse when I was alive.

轨道列车与车厢

每一个群体和个人
单一与繁复并存

夏天的味道是
烤香肠与不知道什么牌子的男士古龙水
手机里的小说
报纸，脖颈，手臂，跟后背
与突然加速同一频率跌倒的妇女

我想起很久很久以前的一个夜晚
没有汗流浃背和一点点风的夜晚

萧瑟处

你那里　是什么天气
我这里　是什么心情
回头　是否能感应
前行　是否能说清

痴话

从我口中落下的字句
结成冰砸碎往事
再也吃不下更多言语
你肥硕如同岩石

食髓知味也暧昧不清
身不由己的卑微
以为是等价交换感情
其实都只是傀儡

寂静与寂静发生撞击
振聋发聩的声音
孤单和孤单谈天说地
浓妆艳抹的温馨

爱情永远不会出现
在博物馆的玻璃箱里面

我们就这样与彼此相伴活在当下

我们剪下伤疤
拼贴鲜花
泪，挤满空气
就不怕不好听的话

我们呼叫，讨伐
人云亦云的伦理道德
在屠杀听不懂的话

蝉，嚷出一片浮夸
蝶，不再需要茧的孵化
成长和生存，都是蒸发
谁比谁更空乏
谁是赢家

镶在我灵魂里的是鸟儿
它们的梦，曾是我的本能
而我已成人[①]
人，是千日的鸟

生命也只是砂
流失也罢

---

① “而我已成人”出自张悬。

04 222 93191

图书在版编目（CIP）数据

度日如年 / 李子澄著 . —北京：世界知识出版社，2014.11
ISBN 978-7-5012-4745-5

Ⅰ. ①度… Ⅱ. ①度… ②李… Ⅲ. ①诗集—中国—当代
Ⅳ. ①I227

中国版本图书馆 CIP 数据核字（2014）第 221935 号

书　　名	度日如年 Du Ri Ru Nian
作　　者	李子澄
责任编辑	柏　英
责任出版	刘　喆
出版发行	世界知识出版社
地址邮编	北京市东城区干面胡同 51 号（100010）
电　　话	010-65265923（发行）　010-85119023（邮购）
投稿信箱	xueshuchuban@126.com
网　　址	http://www.wap1934.com
经　　销	新华书店
印　　刷	北京盛通印刷股份有限公司
开本印张	787 × 1092 毫米　1/32　5 印张
字　　数	80 千字
版次印次	2014 年 10 月第一版　2014 年 10 月第一次印刷
标准书号	ISBN 978-7-5012-4745-5
定　　价	28.00 元